# 1979
# 삼미삼회

# 1979
# 삼미상회

글 **명랑 고명순**　그림 **신기영**

한그루

아름다운 도전 앞에
결코 실패란 없으리란 벅찬 믿음으로
오늘을 살아가는 모두에게 바칩니다.

맹심이와 춘자, 성미가 함께한 그 밤이 생각나 우연히 달력에서 음력 날짜를 짚어봅니다.

가난했던 맹심이는 지금쯤 어떻게 지내고 있을까요? 맹심이의 바람처럼 반짝반짝 빛나는 주인공 반하리로 살아가고 있을 테지요.

가난은 때때로 바람 같아서 차갑기도 하고 거칠 때도 있으며 산들거리는 봄날의 미풍처럼 부드럽게 스며들기도 합니다.

단단해지고 부서지고 다시 매만지면서 그날의 가난이 젊음을 키워내고 어른을 만들었을 테지요.

어른만 되면 무엇이든 다 할 수 있을 것 같았던 10대와 나름 거칠었던 20대, 하고 싶은 것과 해야 하는 것의 갈림길에 있던 30대, 도전이 두려운 40대를 지나 반백을 넘긴 삶을 살아가고 있습니다.

가난했던 그날의 어머니 나이가 되고 보니 아버지가 "먹엉 살젠허난 어떵헐 방도가 어서라."(먹고살려니 딱히 방법이 없었다.)고 하셨던 그 마음을 조금은 헤아리게도 된 것 같습니다.

덕분에 마음이 부자란 말로 적은 것이라도 나누는 사람이 되었을지도 모를 일입니다.

## | 작가의 말 |

'누구를 위해….', '왜….'

란 물음을 던지며 원고를 다듬었습니다. 물질적인 가난만이 가난이 아니기에 세상에 이러저러한 결핍으로 서운하고 아프고, 슬프고, 힘들고 억울한 생각이 드는 어린이와 어른들을 위해 이 글을 바칩니다.

마음이란 것은 내 안의 또 다른 단단함으로만 움직일 수 있는 것이어서 포기와 좌절을 이겨내는 용기와 희망의 열쇠가 스스로에게 있음을 꼭 알았으면 하는 소망을 품어봅니다. 내 마음의 주인은 나임을 알아차리고 나의 마음을 배려하고 살피는 일이 중요하겠습니다.

중근 통쉐(잠긴 자물쇠)를 마침내 열고는 꿈을 향해 두렵지만 당당한 도전을 펼친 맹심이와 친구들의 용기가 여러분의 도전에 큰 응원이 되기를 바랍니다.

『1979 삼미상회』의 탄생을 위해 애써주신 한그루 출판사와 주옥같은 그림으로 글을 빛내주신 신기영 작가님께 감사의 말씀을 전합니다.

더불어 『1979 삼미상회』가 세상에 나올 수 있도록 추억을 소환해주신 소중한 이웃과 가난한 유년을 기쁨으로 돌아보게 해주신 부모님, 숱한 밤잠을 함께 설쳐준 김성철 님과 수현, 지환이와 사랑하는 가족과 동료들에게 벅찬 감사를 보냅니다.

2024년 매듭달
사람 향기 나는 글을 그려보다가, 명랑

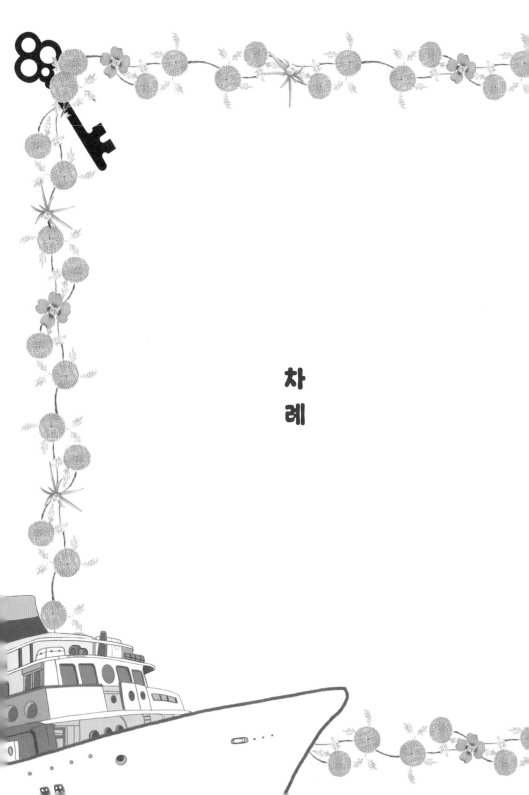

차
례

# 1. 어마떵어리
## (어머나, 어쩌나?)

아버지와의 대화는 늘 짧게 끝났다. 3학년이 되면서는 더 그랬다.

"가당 확 푸더저불라!"(가다가 팍 넘어져버려라!)

그대로 될 줄은 몰랐다. 내 바람을 언제 들어줘 봤다고….

"아고, 아고게~"(아야, 아얏~)

신발 한짝이 걸리면서 아버지가 현관 문지방 앞에서 대자로, 정말 큰대자로 넘어져 버렸다.

"쿠 구 궁 쿵!"

우렁찬 소리가 현장 상황을 알려주는 전부였다.

가슴이 뻥! 뚫리는 것 같았다.

"제나 잘콴다리여!"(그것 참 잘됐다. 오! 쌤통이네!)

넘어지는 소리가 얼마나 컸던지 설거지하던 엄마가 뛰어나오며 소리쳤다.

"어마떵어리, 이게 무신 일이우꽝? 양~ 맹철이 아방 마씸!"

(아이고, 이게 무슨 일이래요? 여보, 명철이 아빠!)

귀를 질끈 틀어막고 잠든 척 누워있었다.

엄마가 시집올 때 할머니 몫으로 지어왔다는 백작약꽃이 가득한 이불을 머리끝까지 뒤집어썼다. 그럴수록 정신은 더 말짱해지는 것 같았다.

"양! 걸어지쿠광?"(여보, 걸을 수 있겠어요?)

"귀마리 ㄱ무끈 셍이라!"(발목이 삔 것 같아!)

진심으로 걱정하는 엄마 목소리와 제법 아파 보이는 아버지 대답이 번갈아 들려왔다.

"맹철아! 맹식아!"

그다음이 나를 부를 차례였다.

"맹심아~ 맹심이 엇이냐?"(명심아! 명심이 없니?)

서울 가고 없는 오빠 둘을 부르고 나서야 겨우 내 이름을 기억해내선 부르는 엄마다. 치매도 아니면서 매번 그러는 것도 신기했다.

솜이불을 무겁게 들어 올렸다. 이불깃 따라 백작약꽃 이파리가 함께 떨어졌다. 꼭 내 마음 같았다.

"무사 마씸?"(왜 그러세요?)

"아방 몬 죽어가는 거 안 보염시냐? 삼미상회 강 파스 상 오라."(아빠 다 죽어가는 거 안 보이니? 삼미상회 가서 파스 사 와라.)

"어떵허단 경허엿수광?"(어쩌다가 그러셨어요?)

매사에 완벽을 강조하시는, 전능하신 아버지가 넘어진다는 건 있을 수 없는 일이다. 더군다나 가끔 마시는 술을 드신 것도 아니었으니까.

아프면 일을 못 하니 항상 조심하란 당부를 버릇처럼 하는 아버지였다.

삼미상회를 향해 터덜터덜 걸었다. 다리가 묵직했다. 삼미상회가 이렇게 멀었나 싶었다.

"삼춘! 파스 ᄒ나 줍서!"(아주머니! 파스 하나 주세요!)

"무사 어멍 또시 허리 아파샤?"(왜? 엄마가 다시 허리 아프셨니?)

"아니우다. 요번참인 아방 마씸!"(아니요, 이번엔 아빠가요.)

주인아주머니는 언제나처럼 어머니 안부를 먼저 물었다. 쌀, 담배, 모기향, 라면, 술, 런닝셔츠, 새우깡, 비상약까지 삼미상회에는 없는 게 없었다.

어지럽게 순서 없이 쌓인 물건들이 단숨에 눈에 들어왔다.

"와! 삼미상회집 똘이라시민 잘도 좋으켜!"

(와! 삼미상회집 딸이었으면 정말 좋겠다!)

나도 모르게 튀어나왔다. 아주머니가 손바닥보다 큰 파스를 건네며 웃었다.

"야이 보라! 나도 맹심이 느 닮은 똘 ᄒ나 셔시민 원이 어시켜!"

(얘 좀 봐라! 나도 명심이 같은 딸 하나 있으면 소원이 없겠다!)

주인아주머니를 따라 나도 웃었다. 파스를 받아든 한쪽 손이 쿡쿡쿡 흔들거렸다.

아버지는 그날 이후 며칠을 누워 계셔야 했다. 나는 점점 입 무거운 딸이 되어갔다. 아버지의 안부를 묻지도 않았고, 그나마 짧았던 대화도 이어지지 않았다. 이참에 취직이나 하라고 거드는 엄마의 말 역시 귓등으로 넘겨버렸다.

"맹심아! 파스 흔 번 더 사와사켜."

(명심아! 파스 한 번 더 사와야겠다.)

어머니가 고무줄 늘어진 바지춤에서 오천 원짜리 한 장을 건넸다.

"주리랑 풀떡 사먹으라."(거스름돈은 붕어빵 사먹거라.)

꼭 풀떡 때문만은 아니었다. 이상하게도 그날 이후 삼미상회로 가는 심부름이 싫지가 않았다. 가득한 주름살과 함께 웃어주는 아주머니 때문인지는 잘 모를 일이었다.

효과가 좋은 만큼 냄새가 독하다는 파스를 사들고 나오다 삼미상회 입구에 줄 세워 놓은 마대가 눈에 들어왔다.

"이건 춤꿰 아니우꽝?"(이건 참깨 아닌가요?)

"맞주기! 느네 궤팡에도 제벱 하실 거여!"

(맞지! 너희 집 고팡에도 꽤 많을걸!)

맞는 말이었다.

"맹철이 맹식이 용돈은 충분허크라!"

(명철이, 명식이 용돈은 충분하겠네!)

참깨를 수확하던 날 아버진 입을 귀에 걸고 기분 좋은 자랑을 해댔다. 삼미상회 주인아주머니 말처럼 참깨가 부엌 건너편 고팡에 가득했다.

"무사 맹심인 줏어옵디강?"(왜요, 명심인 주워왔나요?)

한마디 덧붙이는 엄마가 더 얄미웠다. 엄마 역시 맹철이, 맹식이 오빠가 전부이긴 매한가지였으니까.

"이거 혼 푸대민 얼메나 갑네깡?"

(이거 한 포대면 얼마나 하나요?)

"무사? 고등혹교 공납금 허기 부짝홀 거여. 곳 고등혹교 간 뎅 허멍?"(왜? 고등학교 등록금 정도 되지? 곧 고등학교 갈 거라면서?)

그렇게만 된다면 아버지랑 다툴 일도, 손이 발이 되도록 싹싹 빌어댈 일도 없었다.

어렵고 어려운 고등학교 등록금으로 가능한 참깨가 우리 집 고팡엔 넘쳐나고 있었다.

춘자와 성미를 먼저 만나야 했다. 내 말이라면 서서 오줌을 누라고 해도 믿고 따라줄 친구들이다.

"엄마! 파스!!"

"즈냑 안 허영 어디레 돌암시?"(저녁 준비 안 하고 어디로 뛰어가니?)

등 뒤로 손만 흔들어 인사했다.


"너네 나 ㅎ꼼 도와줘사크라."(너희 나 좀 도와줘야겠어.)

"당연허지게!"(당연하지!)

이유도 묻지 않고 그러겠다는 춘자를 와락 끌어안았다.

"나 잘 뒈영 돈 하영 벌민 넌 부사장 허곡, 성미는 상무 허젠?"(내가 잘돼서 돈 많이 벌면 너는 부사장 하고, 성미는 상무 할래?)

"맹심이 넌 의리 빼문 시체네."(명심이 너는 의리 빼면 시체지.)

춘자와 성미가 밝게 웃었다.

"오널 밤이 즘 자지 말앙 우리 집으로 와 이!"

(오늘 밤에 자지 말고 우리 집으로 와 줘!)

"어, 알안!"(응, 그래!)

흐린 좁쌀이 훨씬 많이 섞인 밥이 입안에서 서걱거렸다. 음력 보름쯤인지 달빛이 안방을 훤히 비추고 있었다. 저녁 설거지를 하면서 오늘따라 밤이 더디게 온다는 생각이 자꾸만 들었다.

'하필 달은 왜 이렇게도 밝은 거며!'

부엌을 사이에 두고 왼쪽이 고팡, 오른쪽이 안방이다.

안방에는 발목을 다친 아버지가 누워 있고 엄마는 아버지 발목을 찜질하며 꾸벅거리고 있을 시간이다.

"삼춘! 맹심이 싯수광?"(아주머니, 아저씨! 명심이 있나요?)

"그릇 싯쳠저. 문 어둑어신디 무신 일이고?"

(설거지 중인데. 다 저녁에 무슨 일이니?)

"의논 헐 거 션 마씸!"(의논할 일이 있어서요!)

"소나이 삼춘은 푸더젼 귀마리 ᄀ무깟덴 허멍 예!"

(아저씨 넘어져서 발목 삐었다면서요?)

"이 밤 중이 무시거 험이고? 여산쟁이 여산에 망흔덴 혼다."

(이 밤에 뭐하는 거니? 계획이 지나치면 계획에 망한다고 했다.)

춘자와 성미가 벌써 출동했다. 조용하란 신호를 보낸 뒤 손짓으로 불러들였다. 아직 행동을 개시하기엔 너무 이른 시간이다. 유독 밝은 달빛도 거슬렸고 아버지도 아직은 선잠을 잘 것이다.

우리의 목표는 아니, 나의 목표는 최대한 빠르게, 조용하고 완벽해야만 했다.

"춘자야! 궤팡 열쇠는 안방 반닫이 ㄴ단착 서랍에 이서이."

(춘자야! 고팡 열쇠는 안방 반닫이 오른쪽 서랍에 있어.)

"그걸 나신디 앗앙 오라고?"(그걸 나보고 가져오라고?)

대답 대신 오른쪽 어깨를 툭 쳤다.

"경허당….".(그러다가….)

춘자가 무슨 말을 하려다 말고 고개를 끄덕였다.

"아까 꺼넹 놔두젠 헤신디 아부지가 쭉 셔부난 이."

(아까 꺼내두려고 했는데 아버지가 계속 계셔서.)

"경허당 너네 아부지 깨어나민 어떵허코?"

(그러다가 너희 아버지 깨면 어쩌지?)

20

"혼번 잠들민 업어가도 모르난 그건 걱정 말곡. 어머니 콧소린 문갑 여는 소리영 비교 안 되게 크난 즈들 필요 엇어!"(한번 주무시면 누가 업어간대도 모르는 분이니까 걱정 말고. 어머니 코 고는 소리는 서랍 여는 소리하곤 비교 안 될 만큼 크니까 걱정할 필요 없어!)

"성미 널랑 궤팡 앞이 셔!"(성미 너는 고팡 앞에 서 있어!)

요즘 부쩍 살이 붙은 성미가 무거운 짐을 옮기기엔 제격이었다.

드디어 엄마 코 고는 소리가 바람에 덜컹이는 창틀 소리를 삼켜버릴 듯 커졌다. 밤이 깊어졌고 한잠에 빠졌다는 뜻이다.

나는 춘자와 성미를 번갈아 보며 크게 고개를 두 번 끄덕여 중요한 행동 시작을 알렸다.

# 2. 중근 통쉐

'중근 통쉐'(잠긴 자물쇠)

아버지 별명이었다. 고팡 열쇠는 아버지 보물 1호였고 엄마 마저 아버지 허락을 받고서야 출입이 가능한 곳이 우리 집 고 팡이었다. 단단히 잠긴 고팡 앞에서 뒷짐을 지곤 그 대단한 맹 철이, 맹식이를 그리는 일이 아버지는 낙이라고 했다.

기대하시라. 중근 통쉐, 너의 생명은 오늘까지일 테니까….

실핏줄이 퍼렇게 튀어나올 만큼 주먹에 힘이 들어간 게 느 껴졌다. 고팡 진입만 성공하면 어려운 고비는 일단 넘길 것 이다.

"반닫이 ᄂ단착 서랍 이!"(반닫이 오른쪽 서랍 알았지!)

춘자가 안방 쪽으로 몸을 돌렸다. 춘자의 어깨를 꾹꾹 눌 렀다.

자, 시작이다.

누렇게 색 바랜 창호지문 사이로 백작약꽃 이불이 달빛을 받아 제법 고급스럽게 빛났다. 나는 마지막인 듯 무거운 솜이불을 차곡차곡 반듯하게 포개 접었다.

"성미야! 속솜허영 이! 뭔 일 이시민 지침 두 번 크게 허곡."

(성미야! 조용히! 무슨 일 있으면 기침 두 번 크게 하고.)

"어! 알안."(그래, 알았어.)

성미가 짧게 대답했다. 역시 믿음직스러웠다.

'너미너미 고마운 너네덜, 이 은혜는 절대, 절대로 안 잊어불켜!'

(너무너무 고마운 너희들. 이 은혜는 절대, 절대로 잊지 않을게!)

춘자와 성미에게 마음의 소리를 외쳤다.

고팡 앞을 지키는 성미 손이 부들부들 떨리는 게 보였지만 외면했다.

다 괜찮을 거다.

무조건 괜찮아질 테니까.

당연히 괜찮아야 한다.

"맹심아! 열쇠 완전 한디 이거 맞이멘?"

(명심아! 열쇠 엄청 많은데 이게 맞니?)

안방 반닫이를 열고 정확히 고팡 열쇠를 사수해 온 최고 춘자다. 공부 빼고 못 하는 게 없는 나의 오른팔 춘자였다.

중요한 열쇠를 힘껏 쥐고는 '중근 통쉐' 드디어 아버지 고팡 문과 마주했다.

"무사 영 안 디물아점시게!"(왜 이렇게 안 들어가냐!)

분명히 고팡 열쇠가 맞았지만 자물쇠에 정확히 넣어지지 않았다. 급해진 마음이 들통날 것만 같았다.

"맹심이 너 혹시 터는 거 아니?"(명심이 너 혹시 떠는 거 아냐?)

"뭔 소리 헴나? 우리 궤팡인디 게믄 나가 도독질이라도 허는 거냐?"(무슨 말이야? 우리 고팡인데 내가 도둑질이라도 한다는 거야?)

소리를 버럭 지를 뻔했다.

"맞주기. 게난 잘 디물려봐 봐! 손 달달 털지 말앙."

(맞지. 그러니까 잘 끼워 봐! 손 덜덜 떨지 말고.)

'나는 절대 도둑질이 아니다. 잠깐 빌려가는 것일 뿐!'

"철커덕"

마침내 잠긴 자물쇠가 풀렸다. 고팡문이 열렸다. 하룻밤이
폭풍우와 무지개를 만났던 긴 여름날 같았다.

가지런히 쌓인 맨 앞쪽 마대 하나를 흔들었다. 꿈쩍도 하지
않았다. 성미가 '웃짜' 소리를 내며 허리를 숙였다 일으켜 세
웠다. 거뜬하게 들렸다.

마대 세 개를 마당으로 옮겨 놓는 일은 성미 덕에 크게 어렵
지 않았다. 문제는 삼미상회까지 옮겨가는 일이었다.

"맹심아! 게민 이거 푸대에 ᄒ꼼썩 갈랑 담으카?"

(명심아! 그럼 이걸 포대에 조금씩 나눠 담을까?)

"맞다이, 경허민 뒈켜!"(맞아! 그럼 되겠네!)

춘자가 언제 봐뒀는지 적당한 크기의 포대 몇 개를 챙겨왔다.

"ᄒ꼼 셔봐. 아까 보난 궤팡에 좀팍세기 이선게."

(조금 기다려 봐. 아까 봤더니 고팡에 솔바가지 있었어.)

눈썰미 좋은 성미가 고팡 안에서 봐뒀던 모양이었다. 서두
르지 않으면 아버지나 엄마가 인기척을 눈치챌지도 모를 일이
었다. 나눠 담았더니 포대는 열 개가 넘었다.

삼미상회를 세 번씩 오가는 동안 춘자도 성미, 나 역시도 허벅지 아래부터 종아리까지 돌덩이를 올려놓은 듯 뻐근해졌다.

삼미상회는 쭈글쭈글한 갈색 커튼으로 유리창을 가리고 있었다. 영업 종료라는 뜻이다.

"맹심이 너 어떵허젠 헴나?"(명심아, 너 어쩌려고 그래?)

간간이 짖어대는 강아지 소리 뒤로 춘자가 물어왔다.

"무슨 거?"(뭐가?)

"촘꿰 풀앙 공납금 낸뎅 ᄒ여도 너네 아부지 알민 ᄀ만 안 놔둘 건디."(참깨 팔아서 등록금 낸다고 해도 너희 아버지 아시면 가만 안 둘 텐데.)

"우선 육지로 가불젠. 일허멍 혹교 뎅길 수도 있뎅 헌게. 성공허영 오크메 그때랑 꼭 또시 만나게 이."(우선 육지로 가버리려고. 일하면서 학교 다닐 수도 있다고 했어. 성공해서 올게, 그때 꼭 다시 만나자.)

"야! 경허는 게 어딘나? 우리도 혼디 돌앙 가라게."

(그러는 게 어딨어? 우리도 같이 데려가야지.)

성미가 곧 울 것 같은 표정으로 우물거렸다.

"혹교 졸업헹 만나게, 취직도 허곡, 월급 탕 맛 존 것도 하영 먹곡."(학교 졸업해서 만나자. 취직도 하고, 월급 타면 맛있는 것도 많이 먹고.)

춘자와 성미 어깨에 팔을 둘렀다. 키가 훤칠한 까만 그림자가 달빛에 반짝 웃었다.

# 3. 1979 삼미상회

'치이익! 드르륵'

커튼이 걷혔다. 삼미상회 문이 열렸다, 보글보글 파마머리가 군데군데 눌린 채 하품 소리를 내며 주인아주머니가 방에서 나왔다.

"아고, 추물락 노레여져라게. 야이녠 어떵허난?"

　(어머, 깜짝 놀래라, 너희들은 어째서?)

내가 먼저 꾸벅 허리를 굽혔다. 춘자, 성미도 벌떡 일어나며 인사를 했다.

"강셍이가 하도 죾엄젠 허단 보난 이 동세벽이 어떵헌 일이고?"

　(강아지가 심하게 짖는다 했는데 이 새벽에 무슨 일이니?)

"촘꿰 풀젠마씸. 얼메 엇엉 식게도 돌아왐고예!"

　(참깨 팔려고요. 좀 있으면 제사도 있고요!)

"아이고 아방 아파부난 느신디 풀앙 오렌 허엿구나 이."

　(아이고, 아버지 편찮으신 바람에 너한테 팔아 오라고 하셨구나.)

주인아주머니는 생각지도 못했던 그럴싸한 이유를 붙여주

었다.

얼굴이 화끈거렸다.

"아, 예! 맞수다."(아, 예! 맞아요.)

"반 뒈왁세기 모지렌 요답 말이여."(반 되 모자란 여덟 말이구나.)

"예?"

"예!"

"예."

짧은 대답만 연거푸 나왔다. 머릿속에서 여러 생각들이 거미줄을 쳤다.

"성미야, 춘자야! 나 가크라 이! 곳 붉을 거 닮아."

(성미야, 춘자야! 나 갈게. 곧 밝아오겠어.)

"맹심아! 너 어디 간덴 허는 말?"

(명심아! 너 어디 간다는 말이야?)

"브지런히 시에 가민 목포 배 타짐직허여. 비행기 깝은 너미 비싸난 배로 넘어강 여산허여보젠! 잘 헐 수 이실 거라이!"(부지런히 시내로 가면 목포행 배 탈 수 있을 것 같아. 비행기 요금은 너무 비싸니까 배로 이동해서 생각해 볼게! 잘 할 수 있겠지!)

"야! 영 가불문 안돼주게. 우린 어떵허렌 헴나?"

(야! 이렇게 가버리면 안 되지. 우린 어떡하라고?)

춘자가 양팔을 벌리며 앞을 가로막았다. 양쪽 귀밑으로 내려온 뻣뻣한 머리칼이 출렁출렁 물결을 탔다. 울고 있었다.

"성미야! 춘자 잘 챙기곡, 잘 살암서 이. 혹교 잘 뎅경 꼭 졸업허곡. 올라강 자리 잡으민 펜지 허크라."(성미야! 춘자 잘 챙기고, 잘 지내고 있어라. 학교 잘 다녀서 꼭 졸업하고. 올라가서 자리 잡으면 편지할게.)

꺽꺽 소리까지 내며 우는 춘자와는 다르게 성미는 제법 잘 참아주고 있었다. 춘자와 성미를 가슴 안에 포개 끌어안았다. 물 없이 고구마만 먹은 것처럼 가슴팍이 팍팍했다. 빨리 움직여야 하는데 발이 떨어지지 않았다.

"야이네 무사 놈이 점방 아피 산 요 노롯덜이고게? 메께라, 느네 울엄시냐?" (너희들 왜 다른 사람 가게 앞에서 이러고 있니? 어머나, 너희 울고 있니?)

"아니우다." (아니에요.)

개밥을 주러 나왔는지 한 손에 잔반 그릇을 든 주인아주머니가 궁금해하며 우리를 쳐다봤다.

"강셍이 밥그릇 잘도 곱수다!" (강아지 밥그릇 참 예쁘네요.)

춘자가 콧물 눈물을 훌쩍거리다 피식 웃음소리를 뿜으며 말했다. '중근 통쉐'를 부수고 참깨와 맞바꾼 돈뭉치가 주머니 안에서 불룩하게 만져졌다.

"맹심아! 흐끔 이시민 부두 가는 버스 올 시간이라."

(명심아. 조금 있으면 부두 가는 버스 도착할 시간이야.)

거미줄 쳤던 머릿속 생각들이 정리되었다.

'부두, 목포, 고등학교'

"도착허영 자리 잡으민 꼭 펜지허라이. 육지 것 만낭, 우리 잊어불지 말곡." (도착해서 자리 잡으면 꼭 편지 해. 육지 사람 만나서 우리 잊지 말고.)

잘 참는다고 생각했는데 성미는 그사이 눈이 퉁퉁 붓도록 울고 있었다.

노란 고무줄로 허리가 묶인 돈뭉치에서 만 원짜리 두 장을 꺼내 춘자와 성미에게 한 장씩 건넸다.

"이거 무사 우리 줨나? 어떤 돈인디. 우린 필요 엇어!"

(이걸 왜 우리 줘? 어떤 돈인데. 우린 필요 없어!)

"아니라, 꼭 필요헐 때 이시메. 나 진짜 가크라 이."

(아니야, 꼭 필요할 때 있을 거야. 나 정말 갈게.)

멀리 보이던 버스가 어느새 우리 앞에서 멈춰 섰다. 빠르게 버스에 오르곤 성미와 춘자가 보이지 않는 반대편 자리에 앉아버렸다.

"부릉 부릉 부르릉"

버스는 부두를 향해 달리기 시작했다. 그제야 참았던 눈물이 폭포처럼 쏟아졌다. 검정색 흘림체로 지워질 듯 적힌 낡은 삼미상회 간판이 흔들거리다 사라져 버렸다. 그제야 삼미상회 쪽으로 고개를 돌려봤다. 아직 춘자와 성미는 그 자리에 그대로 선 채 버스 꽁무니를 향해 손을 흔들고 있었다. 아주 작아져서 보이지 않을 때까지 나도 가만히 손을 흔들었다.

'다시는 삼미상회에 오지 말아야지.'

부두를 향해 가는 동안 나는 겨우 이런 다짐을 단단히 해봤다.

피식 웃음이 나왔다. 버스 창에 비친 맹심이가 따라 웃었다. 웃음인지 울음인지 모를 그런 것이었다.

울다가 웃기를 잘하는 나를 보고 춘자는 툭하면 '넌 꼭 미친년 닮아.' 소리를 자주 했었다. 피식거렸을 뿐인데 벌써 그 친구들이 보고싶어졌다. 한 번도 가본 적 없는 부두는 버스 종점에 있었다. 어젯밤 거사를 치르느라 한숨도 못 잔 탓인지 무거워진 눈이 저절로 감겼다. 바지 주머니 속 중요한 돈뭉치를 꼭 훔켜쥔 채 나는 스르르 잠이 들었다.

"혹싱! 밤이 자주기게. 콧소리꺼장 송송 흐멍 잠이라 원! 부
두 간덴 안헤신가? 종점에 오랏져."(학생! 밤에 자지 그랬니? 코까지
골면서 맛있게도 자네. 부두 간다고 하지 않았니? 종점 도착했다.)

"꺼억!"

버스는 느린 트림 소리를 내며 정류소에 멈춰 섰다. 번쩍 눈
이 떠졌다. '섬도여객선터미널'이란 입간판이 눈에 들어왔다.
침까지 흘려가며 잤는지 한쪽 손등이 흥건해져 있었다.

"고맙수다!"(고맙습니다.)

"졸지 말앙 멩심허라."(졸지 말고 조심하거라.)

기름칠을 했으면 싶은 육중한 문짝이 닫히면서 버스는 다시
달리기 시작했다. 나는 검은 연기를 날리며 내달리는 버스가
보이지 않을 때까지 그 자리를 가만히 지켰다.

이제 나는 완전한 혼자다. 주먹에 불끈 힘이 들어갔다.

어젯밤 중근 통쉐(잠긴 자물쇠) 앞에서처럼….

# 4. 눈물의 바닷길

무거운 미닫이 문을 힘껏 밀어젖혔다. 여객선 대합실 안은 사람들로 북적거렸다. 머리가 흔들흔들, 멀미가 나서 꼭 구토가 나올 것 같았던 버스 냄새가 이곳에도 가득했다. 속이 다시 메스꺼웠다. 뭐라도 먹으면 좀 나아질까 싶어 매점으로 향했다. 버스를 탈 때면 꼭 까스명수를 챙겨 마시던 엄마 생각이 났다. 그땐 잘 몰랐는데 어쩌면 엄마도 멀미가 났던 건지도 모를 일이었다. 오빠들만 중요하게 여기는 엄마였지만 엄마 생각만 하면 또 가슴이 찢어지게 아파왔다.

"무사 맹심인 줏어온 아이우꽝?"(왜요, 명심인 주워온 아인가요?)

아버지가 장남, 차남 거취로 목소리를 높일 때 편들어 준다고 겨우 했던 말이 자꾸만 생각났다. 엄마를 따라 까스명수를 한 병 샀다. 싸하고 시원한 느낌 때문이지 부글거리던 뱃속이 잠잠해졌다. 속이 편안해지고서야 배편을 안내하는 빨강 파랑 글씨들이 또렷하게 눈에 들어왔다. 주머니 속 돈뭉치를 한 번 더 확인했다.

매표소는 구멍이 뻥뻥 뚫린, 건빵 모양 유리창으로 가려져 있었다.

"목포 갈 건디예!"(목포 갈 건데요!)

먼지를 잔뜩 먹은 대형 선풍기가 뱅글뱅글 무겁게 돌아가고 있었다. 국방색 유니폼을 입은 여자가 눈 맞춤도 없이 두꺼비 입술을 건빵 유리창으로 쑥 내밀었다.

"보호자는 어디 앚아시니?"(보호자는 어디 앉아 계시니?)

"집이마씸!"(집에요!)

"느 멧 술 먹어시니?"(너 몇 살이니?)

"예? 멩질 지나민 열일곱 뒐 건디예? 무사마씸?"

(예? 설 쇠면 열일곱 살 되는데요. 왜 그러세요?)

"경허멍 혼차 가젠 나산댜? 돈 봉갓구나 이?"

(그러면서 혼자 가려는 거니? 돈 주웠구나?)

"무신 말씀이우꽝?"(무슨 말씀이세요?)

"보호자가 셔사 어디라도 가지난 집이 강 모셩 오라 이! 다섯 시 뒈민 표 못 그치난 경 곤곡 이!"(보호자가 계셔야 어디든 갈 수 있으니까 집에 가서 모셔와라! 다섯 시부터는 매표 못 하니까 말씀드리고!)

앞이 캄캄했다. 보호자가 필요할 거란 생각은 꿈에도 하지
못했다.

　"선풍기에 문지 ᄒᄭ옴 싯쳐사쿠다!"

　　(선풍기 먼지 좀 씻어야겠어요!)

두꺼비 입술 아줌마에게 볼멘소리를 툭 뱉어내고 슬쩍 돌아
섰다. 굽 닳은 운동화 밑창이 오늘따라 질질거리며 귀찮게 따
라왔다. 중근 통쉐를 어떻게 열어 돈까지 챙겨왔는데, 다신 돌
아오지 않을 생각으로 이곳에 온 건데, 여기가 끝이라면….

　말도 안 되는 일이다. 대합실 여닫이문을 힘껏 다시 밀었다.
매표소엔 아직 두꺼비 입술 아줌마가 그대로 앉아 있었다.

　"저기 양, 아주머니! 사실은 어머니가 막 아파 마씸! 목포에
성이 사는디 돌앙오렌 허연 감수다."(저기요, 아주머니! 사실은 엄마
가 많이 편찮으세요! 목포에 언니가 사는데 데리고 오라고 해서 가는 거예요.)

　"경혜도 안뒈는디! 경허고 나 아주머니 아니고 언니 이."

　　(그래도 안 되는데! 그리고 나 아줌마 아니고 언니거든.)

"게민 우리 어무니 콱 죽여불쿠광?"

(그럼 저희 엄마 죽여버리실 거예요?)

그제야 여자가 처음으로 고개를 들어 나와 눈을 맞췄다.

"야인 말도 이상허게 도시렴저 원! 느네 어멍을 무사 나가 죽이느니?"(너는 무슨 말을 이상하게 하니? 네 엄마를 왜 내가 죽인다는 거야?)

"게믄, 언니 일름이라도 둘앙 나 목포꼬지만 가게 헤줍서게!"(그러면 언니 이름으로라도 저 목포까지만 가게 도와주세요!)

얼마 동안일까? 아줌마와 나, 아니 언니와 맹심이는 가만히 눈만 껌벅껌벅거리고 있었다.

얼마나 지났을까. 아줌마가 먼저 입을 열었다.

"성 사는 딘 알아지느냐?"(언니 사는 곳은 알고 있니?)

"예! 목포 부두로 가민 성이 나올 거마씸!"

(그럼요. 목포 부두로 가면 언니가 나온다고 했어요.)

물론 거짓말이었다. 거짓말은 더 큰 거짓말을 낳는다고 했다. 진짜처럼 거짓말이 술술 튀어나왔다. 부두까지만 간다면 정말로 언니가 그곳에서 나를 기다리고 있을 것만 같았다.

"배깝은 잇이냐?"(뱃삯은 있니?)

아침부터 이제껏 한 번도 놓치지 않았던 뜻뜻해진 돈뭉치를 건넸다.

"얼마우꽝? 이디 싯수다!"(얼마인가요? 여기 있어요!)

두꺼비 언니 눈과 내 눈이 또 마주쳤다.

"경허문 나가 보징 사는 걸로 허영 배 타는 거난 멩심허영 갓다 와산다 이! 제주 오민 왓수덴 곧곡."(그러면 내가 보증해서 배 타는 거니까 조심히 다녀와야 해. 제주 오면 왔다고 말해주고.)

"고맙수다! 고맙수다! 막 고맙수다. 언니!"
(고마워요! 고마워요! 정말 고마워요. 언니!)

"나도 느만헌 아시가 시난 허염저. 성 잘 만나곡 이!"
(나도 너만한 동생이 있어서 그래. 언니 잘 만나고!)

"예! 꼭 경허쿠다!"(예! 꼭 그럴게요!)

어쩌면 돌아오지 못할 이곳으로 다시 돌아오라는 사람이 또 있다. 학교를 졸업하고 다시 만나자고 약속한 춘자와 성미 얼굴이 나타났다 사라졌다. 부두로 가는 버스 꽁무니를 한참이나 따라와준 고마운 친구들이었다.

"자~ 십오 분 전입니다."

할아버지와 아저씨 중간쯤 되어 보이는 남자가 손나팔을 하고 배 출발 시간을 알려왔다.

"느 일름이 뭣고?"(너 이름이 뭐니?)

눈을 피할 사이도 없이 다그치듯 물어왔다.

"무사 들엄수광?"(왜 물으세요?)

"민증 이레 보여도라."(신분증 좀 보여주렴.)

"ㅎ꼼 이시민 나올 건디예?"(조금 있으면 나오는데요?)

"무시거? 뜰 촞아뎅기는 어멍 셔라, 혹시나 허연 들엄져!"

(뭐라고? 딸 찾아다니는 엄마가 있더라, 혹시나 해서 묻는 거야!)

"양? 우리 어멍 마씸?"(예? 우리 엄마가요?)

양쪽 귀를 틀어막았다. 아버지가 넘어진 걸 모른 척하고 싶었던 그날처럼.

이 남자의 말처럼 딸을 찾는 이가 설령 엄마라고 해도 절대 다시 돌아갈 순 없었다.

어떻게 여기까지 왔는데. 밤을 꼬박 새워가며 친구들까지 나쁜 일에 끌어들여 작당하지 않았던가?

"양! 삼춘! 배, 배, 목포배 타젱 허민 어, 어디레 들어가민 뒙네깡?"(저기! 아저씨! 배, 배, 목포로 가는 배 타려면 어, 어디로 들어가면 되나요?)

불안해지면 가끔씩 말 더듬는 버릇이 나왔다. 양손이 함께 덜덜거렸다.

들고 있던 까스명수 병이 동그르르 굴러 떨어져버렸다. 누런 물이 무릎 나온 바지 깃을 지나 운동화 속까지 스며 들었다. 너덜너덜한 운동화 바닥이 금세 누렇게 질척거렸다. 기분이 나빴다. 무서움이 밀려왔다. 온몸이 파르르 떨리면서 오줌이 급해졌다. 승선장 맞은편 여자화장실 표시가 눈에 띄었지만 반대편 철계단을 향해 무작정 뛰었다.

쿵!

쾅!

쿵쾅!

운동화 한 짝이 철계단 마지막쯤에서 벗겨져선 검푸른 바다로 맥없이 떨어지고 말았다.

부웅!

붕!

목포로 출발하는 뱃고동 소리가 우렁차게 울렸다.

'맹심아!'<sub>(명심아)</sub>

'맹심아!'<sub>(명심아)</sub>

'맹심아!'<sub>(명심아)</sub>

뱃소동 소리에 묻힌 엄마 목소리가 아프게 쫓아왔다. 점점 멀어져가는 대합실 쪽에서였다. 심장이 멎을 것 같았다. 돌아보지 않았다. 단숨에 갑판 위로 올라섰다. 엄마 목소리는 그 후로도 가늘게 오랫동안 이어졌다.

칼칼한 바닷바람이 머리카락을 아무렇게나 헝클어뜨렸다.

잘된 일이다.

그렇다.

자고로 사람은 태어나서 서울로 가라고 했으니까.

다시 출발이다.

# 5. 반하리

춘자와 성미에게 보낸다.


안녕! 나 맹심이야.

잘 도착해서 하숙방도 구했고 야간학교도 잘 다니고 있어.

가끔 너희가 눈물나게 보고 싶고 그리운 것 빼면

완전 재밌게 잘 지내고 있어.


너넨 어떻게 지내니? 참, 할 말이 있어. 꼭 기억해줘야 돼!

너희들 친구 맹심이는 오늘부로 맹심이가 아니고 반하리야.

성공할 때까지 누가 보더라도 반하는 삶을 살아가는 반. 하. 리.

알았지! 그러니까 앞으로 맹심이는 잊고 반하리만 기억해주라.


학교 취업 담당 선생님 도움으로

방직공장에서 일을 시작한 지도 일 년이 더 되어가.

처음엔 윙윙거리는 기계 소리 때문에 졸도하는 줄 알았는데

익숙해지니까 일도 익혔고 너무 재미있어.

같이 일하는 분들도 모두 친절하게 대해 주시고 말이야.

그중 정 반장님이란 분은 얼마나 다정한지 몰라.

눈코 뜰 새 없이 바쁘지만 할 만하다는 사실.

눈도 크고 꼼꼼하다고 검사를 하라는 거야.

색깔, 바느질 상태, 직물에 이물질이 묻었는지를 눈으로 살피고

/차로 선별하는 작업이야.

너네가 보면 깜짝 놀랄걸. 아니지, 나한테 반하고 말걸!

옆 라인에서 베틀에 실타래를 거는 일을 하는 김씨 아저씨가

며느리 하고 싶을 정도로 야무지다고 자꾸 말씀하시는데

칭찬인 건 알겠는데 난, 그 집 며느리 하고 싶은 마음이

눈꼽만큼도 없으니까 그냥 듣는 둥 마는 둥 하고 말아.


너무 내 말만 한 것 같네.

춘자, 성미야! 우리 모두 반하게 살아내다가 보자.

우리가 약속한 것처럼 꼭 성공해서 만나자!


세상에서 너희를 제일 좋아하는

반하리가.

일주일에 한 번쯤 아버지는 학교로 편지를 보내왔다.

꼭 수취인이 없는 듯, 편지는 차곡차곡 회색빛 철 사물함 안에 쌓여갔다. 이제 와서 굳이 아버지 사연을 듣는 것도 싫었지만 그동안 문득문득 사무치게 그리워도 꼭 참았던 복잡한 감정이 터져버릴 것 같아 뜯어보지 않고 묻어두기로 했다.

가끔 성미와 춘자에게서 장거리 전화가 걸려왔다. 동전이 다 떨어져야 "또 전화허크라."(또 전화할게.) 하면서 아쉬운 수다가 끝이 났다.

여전히 농사일에 바쁜 엄마 아버지 안부와 최근 근대화연쇄점으로 바뀐 삼미상회 소식도 전해줬다. 동네에 리모델링 바람이 불면서 현대식으로 바뀌고 있다고도 했다. 우리 집도 마찬가지라면서….

사실 별로 궁금하지 않았지만 그렇게 고향 소식을 심심찮게 전해 들을 수 있었다.

아버지 편지는 점점 쌓여갔고 가끔은 무슨 소식이 들어있을까 내용이 궁금하다 싶을 때마다 일부러 성미와 춘자를 수신인으로 편지를 써 부쳤다. 물론 발신인은 반하리였다.

너덧차례 편지를 주고받는 동안 뜯어보지 않는 아버지 편지도 계속 배달되었다.

누가 보면 한날한시에 적었을 법하게 학교 주소와 내 이름이 궁서체 비슷하게 정확히 박혀 있었다.

맹심이 보거라.


진짜 가불카부덴 생각해 본 적 읏다.

느가 그추룩 가분 후제

느네 어멍은 꼬박 석덜을 사름 안 답게 살앗저.

둘 뜨는 하늘 베리멍

동펜이 뜨민 동펜드레 돌아상 울곡,

서펜드레 돌아가민 그짝으로 돌아상 울곡 허엿저.

맹철이 오라방신디 춫아강보렌 굴앗저.

맹심아!

집이 오구정허민 어느제고 꼭 오라이.

차비 어시믄 아부지가 보내크메 ᄌᆞ들지말앙.

몸 조심이 살암시믄

아방 ᄆᆞ심도 알곡

펜안허게 말 굴아질 날 게무로사 셔갈테주 이.

아방, 어멍은

오널도 우리 맹심이 생각허멍 돌 씹듯

조반을 먹언 치웟저.


맹심이가 보고정헌<br>아부지로부터

명심이 보거라.


정말 떠날 거라곤 생각해본 적 없다.
네가 그렇게 가버린 후에,
너희 엄마는 꼬박 석 달을 사람 같지 않게 살았단다.
달 뜨는 하늘 보면서
동쪽에 뜨면 동쪽으로 돌아서 울고,
서쪽으로 돌아가면 그쪽으로 돌아서서 울곤 했지.
명철이 오빠한테 찾아가보라고 일렀다.
명심아!
집에 오고 싶으면 언제든 꼭 오거라.
차비 없으면 아버지가 보낼 테니 걱정 말고.
몸 조심히 살다 보면
아버지 마음도 알게 되고,
편안하게 말하게 될 날이 아무려면 있을 테지.
아버지, 어머니는
오늘도 명심이 생각하면서 돌 씹는 것처럼
아침을 먹었단다.


명심이가 보고 싶은<br>아버지로부터

반하리에게 도착한 편지를 읽었다. 반하리의 정체를 아는 사람들은 그렇게 많지 않았다. 하숙집 식구들, 잘난 척하지 않는 우리 반 부반장, 공장의 같은 라인 언니들, 그리고 춘자와 성미가 전부였다.

글씨체가 살짝 의심스럽긴 했지만 아버지 편지일 줄은 꿈에도 몰랐다.

어머니가 3개월을 울었다는 대목에서 나도 3개월 참았던 눈물이 한꺼번에 쏟아질 것만 같았다.

툭하면 '공비허민 밥이 나오느냐?'(공부하면 밥이 나오니?) 하던 아버지 십팔번은 어디에도 없었다. 아버지를 지독하게 미워해야 하는데 기분이 묘했다. 야간 공부를 마치고 12시가 넘어도 공장에 지각 한 번 하지 않은 나였다. 여덟 시 사십 분까지 도착하려면 서둘러야 했지만 오늘은 영 발을 옮길 수가 없었다.

"반장님! 저 반하린데요!"

"그래요! 무슨 일?"

50대 중후반쯤 되어 보이는 정 반장님은 정말 많이 배우신 건지 감사하게도 꼭 존댓말로 대해주는 분이셨다. 구내식당에서 점심을 먹을 때도 언제나 식판을 먼저 들어 건네주시는 자상한 분이셨다. 다시 태어난다면 저 분의 딸로 존중 받으며 살아봤으면 좋겠다는 생각을 몇 번이나 들게 하는 사람이었다.

"집에 다녀와야 할 것 같아요. 며칠 휴가 받아야겠습니다."

"어, 무슨 일 있나요? 이렇게 갑작스럽게…."

"엄마가 편찮으신가 봐요! 오래 걸리진 않을 거예요."

확실친 않았지만 석 달을 울기만 했단는 엄마가 편안할 리 없을 게 뻔했다. 담담하게 그럴듯한 거짓말이 나왔다.

"그래? 그럼 다녀와야지. 걱정 말고 조심히 갔다와요!"

세상 따뜻한 목소리가 수화기를 넘어 좁은 방 안까지 전해져왔다. 서늘했던 방 안 공기가 봄날 노란 햇살 한 줌처럼 따스해졌다.

선생님께는 좀 더 자세하게 사유를 밝혀 결석계를 제출했다.

공장 대신 은행으로 갔다. 마음이 바빠졌다.

월급 때마다 하숙비, 책값, 공납금 이런저런 것을 빼고 저축해 뒀던 게 얼마나 모였을지 확인이 필요했다.

잘 참았는데, 갑자기 집에 다녀오기로 결심하기를 잘했나 싶었지만 아픈 엄마를 만들고 휴가까지 받지 않았던가? 성미, 춘자도 한번 보고 무엇보다 엄마를 만나고 아버지와도 더 늦기 전에 할 말은 해야겠다 싶었다.

중근 통쉐(잠긴 자물쇠).

아버지만의 궤팡(고팡)에서 훔친 거나 다름없이 참깨를 팔아 장만한 그 돈을 갚겠다는 나만의 다짐도 약속처럼 하고 싶었다.

통장에는 팔십일만이천구백 원이 찍혀 있었다. 백만 원 정도가 모이면 집으로 보내야지 마음먹었는데 아직 한참 모자랐다. 거기에 오가는 여비까지….

조금 더 있다가 백만 원을 채워 갈까? 하는 생각이 잠깐 들었다. 계획이 틀어지는 게 확 짜증이 올라왔지만 그거야 조금 당겨졌다고 생각하면 될 터였다. 이럴 땐 정 반장님이 딱이었다.

"반장님! 저 반하린데요. 아니, 명심인데요."

"네, 그래요! 무슨 일로? 아직 출발 전이에요?"

별 얘기도 아니었는데 벌써 목이 찢어지듯 아파 말을 이을 수가 없었다.

"저기… 저… 그게요!"

"어허, 하리 양답지 않게 왜 이렇게 뜸을 들이죠?"

정 반장님이 다시 물었다.

"꼭 갚겠습니다. 돈 좀 빌려 주십시오!"

눈을 꾹 감고 단숨에 말해버렸다.

"얼마나? 가지러 올 건 아닐 테고, 계좌번호 보내주면 바로 입금할게요. 갚는 건 천천히 생각하고."

아, 이 분 정말 뭐지? 천사가 둔갑한 건가? 뜨거운 것이 두 볼을 타고 마구마구 흘러내렸다. 굳이 닦을 마음도 없었지만 쉬지 않고 계속 흐르는 통에 눈앞이 안개가 낀 듯 자욱했다.

고맙다는 인사도 하는 둥 마는 둥 전화는 끊어졌다.

농협 마크가 선명하게 그려진 봉투에 만 원짜리 백 장을 반듯하게 정리해 넣어두었다. 정 반장님이 자그만치 50만 원이나 덥석 보내주셨기 때문에 백만 원을 만드는 데는 어렵지 않았다.

삼미상회 앞에서 버스를 타고 떠나온 지 꼭 1년하고도 8개월 만이었다.

꼬깃꼬깃한 지폐 더미를 가지고 도망치듯 떠나온 그곳으로, 결코 다시는 가지 않으리라 마음먹은 삼미상회가 있는 그곳으로 이번에는 반듯한 만 원짜리 백 장을 들고 갈 것이다. 보란 듯이 갚을 거라고 결코 훔친 게 아니고 빌린 거란 걸 증명할 것이다. 정 반장님 덕분에 겨울 방학보다 한참 앞당겨졌다. 백만 원을 빼고도 통장 잔고가 아직 남아있었다. 괜히 부자가 된 것 같은 뿌듯함이 밀려왔다.

목포로 가는 배를 겨우 탔던 날.

쇠 파이프로 듬성듬성 놓인 난간을 오르다 시커먼 바다로 빠져버린 신발 한 짝. 쉰 소리로 나를 애타게 불러대던 엄마 모습이 자꾸 겹쳐 나타났다.

일요일 오후엔 올라와야 하니 길지 않은 이틀 동안 뭘 하면 좋을지 생각하는 사이 잠이 들었다.

꿈속인지 실제인지 까무룩한 시간. 지금이 아침인지, 저녁인지 분간이 안 되게 눈을 뜨니 여섯 시를 알리는 커다란 시계가 보였다.

# 6. 돌아온 맹심이

춘자는 교복이 예쁘게 어울리는 여학생이었고 무거운 것도 거뜬히 들었던 성미는 천생 덩치 좋은 상남자 상이다. 내가 떠난 날부터 춘자, 성미보다 며칠을 더 울었다는 춘자 오빠가 자가용을 끌고 마중 나와 주었다. 아버지가 기어코 나가겠다는 걸 춘자와 성미가 말렸다고 했다. 그렇다면 내가 집에 다니러 온다는 걸 이미 알고 있었던 모양이었다.

"맹심이 너 완전 육지 사름 다 되였저!"

(명심이 너 육지 사람 다 되었네!)

"육지 사름이 뭐 벨허나?"(육지 사람이 뭐 별나?)

"양지광 헤양헌 게 완전 숢은 독새기추룩!"

(얼굴도 하얀 게 정말 삶은 달걀 같아!)

비유를 해도 이왕이면 새하얀 목련꽃이나 우윳빛 이런 것도 생각날 법한데 하필 삶은 달걀이라니 성미스럽다 생각하며 모처럼 웃음이 나왔다.

취직을 했다는 춘자 오빠가 저녁을 사겠다고 했다. 저녁을

먹으면서 아버지와 마주할 궁리도 할 겸 나쁘지 않을 것 같았다. 집을 떠나기 전 생물 갈치 조림이 정말 먹고 싶었었다.

육지 대학에 다니는 오빠가 오면 어머니는 유난히 은빛으로 빛나던 갈치를 큼지막한 무와 함께 조려주셨다. 살점이 도톰한 부분은 당연히 오빠 몫이었고 그다음이 아버지 차지였다. 어머니가 먼저 권해도 아버지는 극구 사양하며 오빠 밥그릇에 수북이 흰색 갈칫살을 올려주시곤 했다.

어쩜 한 점 먹어보란 말을 안 하실까? 서운함을 넘어 화가 났던 밥상이었다.

비린내 가득한 갈치조림을 실컷 먹었다. 어느 지점인지 모르게 잠깐 눈물이 날 것 같았지만 갈치조림은 눈물도 삼킬 만큼 맛있었다.

"오라방! 잘 먹었수다. 오라방이 우리 어멍 아방보단 제라지우다."(오빠! 잘 먹었어요. 오빠가 어머니 아버지보다도 최고네요.)

"제우 갈치조림 혼 젭시에 뭔 소리 헴나?"

(겨우 갈치조림 한 접시에 무슨 말이니?)

"진짜로! 갈치조림 못 먹엉 벵 날뻔 헷수게. 생각 안나멘?"

(정말이에요! 갈치조림 못 먹어서 병 날 뻔했잖아요. 생각 안 나세요?)

집으로 가는 차 안은 조용했다. 성미도, 춘자도, 운전하는 오빠마저도 별 말이 없었다. 창밖으로 가로등 불빛이 긴 그림자를 만들고 있었다. 저녁상만 물리면 불을 끄라던 아버지 생각에 뜨거운 것이 얼굴을 덮쳤다. 그렇게 아껴서 오빠 둘을 육지 대학에 보냈다고 당당하게 자랑하던 분이었다. 교차로를 지나면 지긋지긋했던 그 집에 이른다.

"오라방, 삼미상회 쪽으로 돌앙가게!"

(오빠! 삼미상회 방향으로 돌아가자!)

"다 와신디 무사 멀리?"(다 도착했는데 왜 굳이 멀리?)

내가 궁금할 거라고 일부러 돌아가자는 춘자.

"오라방! 경허게."(오빠! 그렇게 하자.)

성미도 거들었다. 머리를 정리하라는 뜻이란 걸 너무 잘 안다.

삼미상회에는 칙칙했던 갈색 커튼 대신 연초록 블라인드가 깔끔하게 내려져 있었다. 간판도 바뀌었다. 초록 바탕에 말끔한 흰색 글씨였다. 저녁이었지만 조명을 밝혀 삼미상회란 글씨가 또렷하게 읽혔다. 반갑기도, 쳐다보기 싫기도 했다.

뒤죽박죽이던 물건들은 종류별로 가지런하고 반듯하게 진열되어 있었다.

"들어가보젠? 아주머니도 완전 하영 주들어서."

(들어가 볼래? 아주머니도 너 걱정 정말 많이 했어.)

"식게 출릴 돈 멩그는 중 알아신디 너가 그날로 어서저부난 동네가 발칵 뒤집어전!"(제사 준비할 돈 만드는 줄 알았는데 네가 그날로 없어져서 동네가 발칵 뒤집어졌지!)

맞다. 그런 일이 있었다. 보름달이 미치게 미웠던 너무 밝았던 그날.

얼마 전 일이었지만 수십 년이 지난 일처럼 까마득했다.

이곳을 기억에서 완전히 잊은 채 반하리로 일 년을 넘게 살았다. 아버지 편지를 읽기 전까지는….

집으로 들어가는 올레까지 가로등이 환하게 켜져 있었다. 이렇게 밝은 올레는 처음이었다.

"올레 전기세는 우리가 안 내여마씸."

(올렛길 전기요금은 우리가 내지 않아요.)

심지어 제삿날도 캄캄했으니까.

"공 거 좋앙허는 거 아니여! 주냥해사 잘 살주."

(거저 얻는 거 좋아하는 거 아니다! 아껴야 잘 살지.)

그렇게 절약을 부르짖었는데 우리 집 같지 않은 풍경이 낯설었다. 다닥다닥 일부러 심어놓기라도 한 듯 키 작은 채송화가 양쪽으로 가지런히 줄지어 피어 있었다.

나를 반기는 듯 느껴졌다.

예쁘다.

"아이고, 맹심이가?"(아이고, 명심이니?)

 엄마였다. 대문 밖으로 뛰어나온 엄마가 등짝을 한번 후려
치고는 덥석 끌어안았다. 태어나서 처음 있는 일이었다. 누군
가가 날 안아주는 일 따위는 결코 없었으니까.

 낡았던 철 대문은 파란색 페인트로 깔끔한 칠이 되어 있었
다. 가로등 때문인지 유난히 번쩍거리는 게 살짝 거슬려 눈이
질끈 감겼다. 이번엔 아버지를 마주할 차례였다. 양쪽 손에 흥
건하게 땀이 났다. 미운 아버지는 궤팡(고팡)을 보던 모습으로
뒷짐을 진 채 마당을 서성이고 있었다.

 "왔수다. 무사 으상거렴수광?"(왔어요. 왜 서성이고 계세요?)

 "흔저 오라 밥 먹게."(어서 오거라. 밥 먹자.)

 처음 접한 아버지의 환대였다.

 "예!"

 밥을 먹었다고 할 수 없어 짧게 대답했다.

 "느네 어멍이 느 멕이켄 갈치조림 허여신디 멧번체 대왁대
왁허염서라."(어머니가 너 먹이려고 갈치조림 했는데 몇 번이나 데웠다.)

나비 몇 마리쯤 뱅글뱅글 날아다니는 듯 머릿속이 어지러웠다. 평소와는 다른 익숙하지 않은 집안 풍경이 낯설게만 느껴졌다. 힘줘 눈을 감았다가 떴다.

"저, 아부지! 저…." (저, 아버지! 저….)

얼마 만에 불러보는 건지 아버지란 겨우 세 글자가 입 밖으로 잘 나오지가 않았다.

"되엿저! 곤지 안허여도 된다." (됐다! 말하지 않아도 된다.)

"…."

무슨 말을 할 줄 알고 계신 걸까?

"그날 궤팡에서 꿰 훔친 게 아니고 빌려간 거 마씸! 그거 갚으레 왓수다." (그날 고팡에서 참깨 훔친 게 아니고 빌려간 거예요! 그거 갚으려고 왔어요.)

몇 번을 데웠다는 갈치조림을 앞에 두고 정 반장님께 빌려 마련한 만 원짜리 100장을 당당하게 건넸다.

"밥은 인칙이 성미영 춘자허곡 오빠가 사줜 먹언마씸." (밥은 성미, 춘자하고 오빠가 사줘서 먹었어요.)

그렇게 백만 원이 든 봉투를 놓고 막 일어서려는 찰나였다.

"경혜도 그게 아니여. 와시문 앚앙 말도 곧곡 놋도 보곡 허영 가도 가사주." (그래도 그게 아니다. 왔으면 앉아서 말도 하고 얼굴도 보고 가야지.)

아버지는 의외로 차분하게 한마디 한마디를 이어갔다.

"아바지 말 틀린거 웃다. 어멍이 느 오민 혼디 먹젠 조냑 출린거 안 보염샤?" (아버지 하는 말씀 틀리지 않다. 어머니가 너 오면 같이 먹으려고 저녁 준비한 거 안 보이니?)

언제나처럼 아버지 말 끝으로 훈수 두듯 한 꼭지 얹는 엄마 대화 습관은 여전했다.

"맹심이 이레 와보라." (명심이 이리 와 봐.)

아버지가 가리키는 쪽을 힐끔 쳐다봤다. 분명히 중근 통쉐 고팡이 있었던 곳이었다. 그 누구도 범접할 수 없었던 바로 그곳. 지긋지긋하게 싫었던 바로 중근 통쉐 아버지의 고팡.

재봉틀로 이것저것 만들기를 좋아하는 엄마를 위한 공간으로 아늑하게 변해 있었다. 다리에 힘이 풀리면서 털썩 주저앉고 말았다. 아까부터 겨우겨우 참았는데 소리 내지 못했던 퍽퍽한 눈물이 주체할 수 없이 쏟아졌다.

내가 그렇게 떠나고 아버지는 제일 먼저 고팡을 부수는 공사를 시작했다고 했다.


집에 이르는 길을 밝힌 가로등 불빛

올레 밖을 서성거리는 아버지 그림자

놀랍도록 뜨거운 엄마 품

잠기지 않고 열린 고팡에서 꽃처럼 피어나는 이야기


가슴속이 터질 듯 차올라 올레 밖으로 뛰어나갔다. 잔잔히 별처럼 피어난 채송화까지 지난 시간 이야기를 전하는 것 같았다.

나도 아버지처럼 오랫동안 채송화 핀 올레를 서성거렸다.

아버지 그림자와 내 그림자가 올렛길 가득 길게 포개진 유난히 따뜻한 밤이다.


'맹심아! 이제 행복해질 것도 같다.'

# 1979 삼미상회

2024년 12월 25일 초판 1쇄 발행

| | |
|---|---|
| 지은이 | 명랑 고명순 |
| 그린이 | 신기영 |
| 펴낸이 | 김영훈 |
| 편집 | 김지희 |
| 디자인 | 부건영 |
| 편집부 | 이은아, 김영훈 |
| 펴낸곳 | 한그루 |
| | 출판등록 제6510000251002008000003호 |
| | 제주특별자치도 제주시 복지로1길 21 |
| | 전화 064-723-7580   전송 064-753-7580 |
| | 전자우편 onetreebook@daum.net  누리방 onetreebook.com |

ISBN 979-11-6867-203-1 (73810)

값 12,000원

※ KC마크는 이 제품이 공통안전기준에 적합하였음을 의미합니다.